題字　著者

長篇詩

流雪孤詩

石田瑞穂

思潮社

紙迎え

淡雪を吐《つ》く
呼吸の現象学として
ここで光るものは
冷えきった海　息　静寂
肩から　すり足ひらき
爪先で斬る　一粒
砂がゆれ　時間の蝶が

翼をゆらすと　波の刃にも
銀河がしぶき　ふきよせ
られて　まばゆいのか
深淵が　降る　結晶した
深淵が　星光とは
反射したものが稲佐の水に
再反射したもの　ならば詩歌も
散文も　新緑のVを雪《すす》ぎ
美もうつろも知らず
雪を冠った梔子だけがある
大鏡と小鏡のあいだで

なにがおこるというのか
縁　をよくみなさい　全を
青桃の尻からしずくが
引力に負けて墜ちる一閃
なかでは宇宙の卵が
ひっくりかえり　ふるえ
つつ　いだかれていて
劔でしかふれあえないなら
鋼鉄から母の綿葉を
しげらせよう　兎毛の
まっ白な孤独を

流雪孤詩

鳥たちで　いっぱい
だった　鳥の世界
虚空にかかる梢だけで
できた世界　歌で
創られた世界　越百は
星の道と西風と草灰《ピート》たち
静寂と月　それらも

深くつもった光の新雪に
潜りどこででも遭難し
長く　雪夜に独りきりだと
個の時間と外の時間が
合流した感覚が
おとずれて　おもわず
孤独そのものに　手紙を
書きたくなってくる
砂漠と戦争の国からきた
ハキムの家　「神は
死んだ　なんて言葉は

あんたらの贅沢で平和で
豪奢な　くそったれの
世界　そのものに聴こえるよ」
男の詠むコーランの
母音調和は　鳥たちの
量子状の心臓から
流れでた音節の血で
枯れてしまった
月光で凍った洗濯物が
独り寝の蛹の
夢の帆をふくらませ

ほおっておいてくれ
そこかしこ　乱反射して
窓や壁からしのびこむ
粉雪の眼たち　蝦夷松の
影たち　闇をへだてて
こちらをうかがう雄鹿の
気配　たのむから今夜
だれであれ　なんであれ
かまわない

単独者でいさせてくれ
複数の孤独者が
寄り　あつまって
アイデンティティなる
ものを請願しないでくれ
親密に抱擁しないこと
詩を声にださないこと
電波も回線もとどかない
紙の　神の密室でも
冬の光のにおいがする
雪のささめく気配がして

夢の胎内にひそむ
氷晶の歯車が
みえない意志で縛る
越百山のヒカリゴケは
世界のすべてにとろけて
まどろみ　だれにも
知覚されない

頬白たちの白い影から
雪予報が降るという

雪の礼拝堂は
ブリザードがふき荒れ
窓からみえていた
袈裟沢の森のヒメシャラや
岳樺　水芽　山桃の森
雪渓に点々と密む
氷のような清水の湧く
ちいさな湖　雪崩が
きざんだ岩溝やガレ場

夏にノロジカや
ミヤマシロチョウをみた
石楠花や白雪罌粟の野原も
氷雪とみわけがつかない
神　紙の山の　北壁に
暁の血潮がしたたると
内にむかってクレバスの
裂ける想いだ
マルスウヰスキーの
黄金のさざ波にも
瞳や指ではふれられない

心でしかふれられない
すべてのみえない光が

雪でたわむ枝のあいだに
星が一滴　光っている
あるいはたくさんの星が
多くの銀河系があわさって
光っているのだろうか
二本の大枝がかこむ
無限の空間をみあげる

あのどこかに
地球のように美しく
地球に似た世界が
あるのかもしれない
雪が月光に輝くだけで
だれもいない
この世界そのものは
美も孤独も知らないのに

雪が彫刻しているのは

雪の樹という作品
彫りも捏ねもしない
第三の方法があって
自然と　ほかに少数の
人間が知っている
——ジャコメッティに
アルトー——しかも
論争も戯論もなく
彫刻が仕上がる瞬間は
すべてが調和した
動きの総体

ダンス　になる
たったいちどの
越百の息吹
それが大気から——
宇宙の本質から——
この樹のとるべき
厳密な形を凝縮させる
雪片ひとつの多寡も
ゆるさない　厳密
モノが生じるのはすべて
凝縮で　ふり積もった

これらの言葉も
そうだ　夜明けの
薄光がわずかに温め
南風がそっと吹くだけで
樹は形を崩して
元にはもどらない
そしてついに
完成の夢は叶う
雪でできた唐檜は
静かな冬の夜の
数時間でしかない

鈴木秀美の弾くバッハと
雪を眺めながらの朝食
ソロの木で黄連雀が
うたの翼をつくろう
罌粟粒大の眼の奥は
無邪気というより
あまりに直入に
水晶体に慈悲を尖らせ
めのまえの人をつらぬき

背から白んでひろまる
数多なものへの
あわれをのぞかせる
そんな瞬間の瞳は
魂の窓を氷結させて
こちらの岸からは
うかがうことを
ゆるさない
凝るごとき遮断と
放散するごとき遮断

吹雪に鎖ざされた一日
西行に読み耽る
薪ストーブの炎が
暖める窓の外で
さかんに神楽を舞う
越百の花弁雪が
吉野の春風に散華する
山桜にみえて
落飾した崇徳院が
なお科を問われ

讃岐に流寓されたときも
ふたりで花を詠んだ
日々を懐かしむ西行は
――パウンドや
ジェファーズも――
これからの世が
歌のシラブルによって
基本的で　単純で
明澄な〝雪韻〟
によって
治められることを

祈り希がった
雪は流れて静かな深さ
鹿の耳も

消滅さえ失踪したのだ

ここはどこなのだ
いまとはいつなのだ
不安は自由のめまい

というけれど
どこかにいることも
帰ることもできないから
褄紅蝶たちの旅を詰めた
樽酒にうすく死を溶かして
独り　反響を耐えた
すべてに近さを強いる
〝リモート〟からも遠く
雪の音楽ともつかない
失聴に　うすく
うすくはりつめた生の

カウンターから酔い崩れても
北仏の雪の商都に生まれ
砂漠で甃れた詩人のように
はぐれた紙の獣となり
自分の氷った境へ自分を
几帳面に折り畳む
微弱な光景になった
そんな冬の獣にとって
空間とは
位置があって大きさがない
どこまでも

縮まってゆける
永遠の不在への憧れだった
時間とは
茫々としていても
えらばれた純粋な持続
どこまでも
拡がってゆける
永遠の中断への憧れだった

ましてやディラン

ベケットを書き写す
言葉のなかにすら
居場所はないだろう
手探りする言葉があり
その裏にはたえず
移動する闇があって
深さにむかって
崩れてゆく言葉は
闇にむさぼり
喰われてしまうだろう
あとに残るものはなにか

ひとつの叫びにふくまれる
闇の量　折り畳まれた
声から射してくる
光の意図を測量して
闇を照らす言葉が
その襞のうちに
雪闇をつつみかえす

旅の途中でしか
ひらけないという

本の翼の入江に
草灰をはぐくむ
霧雪がたちこめて
蝶たちのふるさと
アイラ島をおもわせる
後翅辺縁部からは暁が兆し
『遠き島』の詩人が
酔いどれの天使と頌めた
蔵中のスコッチ樽に
冬中とまり木する
オオアカタテハらも

傷みつくした時の翼を
おおどかに
はためかせていた
いつの昔から
だれのおもいつきで
左羽に18
右羽に81
と書かれたのだろう
くる年もくる年も
神の　紙の蝶たちは
変わることのないこの数字を

歴史のない数字をもって
生まれてくる
そして　全生涯を
瞬間から瞬間へ
生きている
しかもどの瞬間も
かれらの永遠にしながら

記号は実在しない
思考の器はすぐ溶ける

肉体は実在する
けれども
思考の器としての
肉体は脆すぎる
死は記号をもとめて
肉体をつらぬく
記号の彼岸は此岸なのだ
記号にたいする暴力に
幻想をついやすな
記号は破壊しなければ
ならないが　その果てに

到来するものはなにもない
幻覚と実在はひとしい
だからこそ　記号は
破壊されなければならない
破壊という言葉にふくまれる
幻想も破壊しなければ

あるいは　昼も夜も耳は
血のかよう胡桃の壁に
おしつけられていた

逝ってしまった夏にも
子宮は宿るだろうか
半透過の密室
緑の血液が漂い去る音と
思考の泡のはざまに浮かび
ゆっくり　宙がえりしながら
透明な壁に　やんわり
衝突したりする　ここは
すべてがくぐもって聴こえる
プルーストの一行みたいだ
かつん　こっ　かっか

宇宙の屋根を敲く
あれは　強弱六歩格
紙の家に青臭い漿液を
まきちらすだけの
変拍子の硬い詩の殻は
超高周波の聴こえない声
暮雪の閾にいるアカコッコ
啐啄同時　あるいは　母
夜に雪の香をひらく接骨木と
永遠によびあいながら
指鰭　烏口骨　性の

あわいに　さわり
暢思骨と蝶篩骨の音叉に
また　はずみ　ゆれて
どこかへ　つき　ひ
ほし　ほい　ほい
サンコウチョウの四歩格
この温かい生きている壁の
外側では鳥たちのほかに
だれもが　さらさら
ひそひそ　話したがる
子宮にも耳がついている

とでもいうように

そんな　遠い響きに
守られるだけの
濃密な夜の縁をさかさ
のまま紙の西方へと
回転し漂う貴重な無為
そんな　わが家ほど
冬の胡桃の子の独我論に
ふさわしい窓もない

木曾の山々が
機織ったばかりの
うるんだ星と樹氷の河の
はざまへ　光の閾さえ
あやうくなる　はざまへ
まよいこむ　宵の寛ぎ
なぜ鼓膜は榛ノ木のように
夕べになるとふるえだすのか
ミミナグサという
奇妙に聴く雪を栞に
ロラン・バルトのページが

白い虹になっている
退屈は悦楽とかわらない
それは快楽の窓辺から
ながめる悦楽だから

人は〝自分〟の精神に
とりかこまれているという
予感をもっているにせよ
それは　うごかない
牢獄にとじこめられる

のとはわけがちがう
外界のこだまではなく
むしろ内心の鼓動に
ほかならない　つねに
同一の音響をたえず
耳にしながらその
かこいをこえようとする
不断の飛躍のなかに
人はその精神ごと
はこばれてゆくのだから
雪の心臓を聴きながら

砂の花にも
蝶の訪問にも乱されない
ひとり遊びのチェスの午后
うごくだけの時間の駒を
青空のなかにすすめて

胎蔵界が
言の葉を散らせている

森林限界からも
いくつか雪崩があって
爆発的な白のエネルギーが
もとは雲の粒子だとは
思えないのだった
お気に入りの読書
ソファに　寝ころび
夜明けの宿酔とともに
駒ケ岳という名の
シングルモルトを呑む
紙　あるいは空腹の技法

天の岩あたりで
水樵の遠焼がかすかに滲み
ヴァントゥイユのソナタが
時間を聴く分子をすこしずつ
ずらして　逝って
なにも考えられなくなる
詩は思考しないでいる力だ
旅のテーブルのうえ
正確な断面で
壊れる物たち

いつも　紙の山をみつめ
自分のなかですごしているから
孤独が仕事になっていった
綿雪の音と光にくるまれた
日々の光景しかない
孤独の彫刻家であり調律者
骸晶の極微のデスクには
星期を灯すライター
ショットグラス
氷晶に狩られる液晶

静かすぎる花
漂流癖のある螺子
嵐の模型
詠捨てるための河骨
ヒョウモンチョウの音響詩
成長する燕石
枯葉の文鎮
抽斗に凍夜の胡桃
音ふたつ
旅先で自分を見失った途端
モノになってしまうのか

〃わたしたち〃は
いつでも手がとどくほど近くに
いることを強制されているが
それでも　だれからも
どんなところからも
遠くにいると感じている

主語も
ノイズキャンセル
されて

雪の光と無音
のほかには
だれもいない
単独者の部屋でも
世界は
波うっている
心拍　五感　思考も
波だっている
その波動のあいだには
一致がない
その誤差が〝わたし〟

である　と書いてみた
いま書いたことも
見えない波がうち重なる
ように衝突して
泡だっている白韻が
わたし　である
我もコギトも
なにか大切なことを
考えついた　と
思うが故にうばわれる
自由をもとめたが故に

わたしは
自由をうばわれる
意識するものは
無意識なのだ
無意識が
意識するのだ
このねじれた雪闇に
裸にされ

魂の窓に凍って

はりつきほとんど
透明になるまで
朽ちた水楢の葉
植物の骨と結晶の
レースから覗く
雪消月の
早蕨の
仏の坐の
垣通しの
福寿草の
百合山葵の

岩団扇の
敦盛草の
衝羽根草の
水菜の
双葉葵の
薄葉細辛の
紫蘭の
葛の
羅生門葛の
海老根の
立犬ノ陰嚢の

東菊の
珠芽草の
文目の
姫蓮華の
気の遠くなる
匂いが響きつづけて
弥勒の白い鹿が
乳茸の
桜湿地の
黒皮の
初茸の

滑子の
白木耳の
迷茸の
血潮茸の
雨傘の
釈迦湿地の
変歯津の
屁茸の
舞茸の
卵茸の
花落葉茸の

懿茸の
山兎唇の
網茸の
滑笠の
馬鹿松茸の
森の精を感覚と消化の
冥府へ蓄きながら
盛大に噯気した
脳髄の曼荼羅の蓮あたりで
嗅覚と味覚は地球の
最古の感覚であり

悲哀や道徳観より古い
いつの世も
頭蓋骨の辺獄をさまよう
詩人たちのように

言葉を紙からはがす
はがされた言葉は
もう帰れない
灰雪と舞うだろう
けれども

紙の深みでは
密かに呼吸する
言葉もあった
白をくしゃくしゃに
丸めた山襞から
スコッチの大地に
滲みだす言葉——
ひとすじの叫びをおし流す
闇と沈黙の河
宝剣岳を簪して
ねむくなった星が

水気を孕んでおりてくる
山螢は蝸牛をたべる
岩雲雀や尉鶲は
幾万の蝸牛をたべる
なかには消化されずに
生き残り
世界中を旅する蝸牛もいた
くるしみも愉楽も
殻だけになって
果てすらうしない

水の懸巣
仙女の鳥が
帽子をぬいで
黙礼をおくる
夏日星の
パゴダへと
星がひとつ
またひとつ
やがて星たちは
数を増し突然

ときには同時に
生まれあるものは
静止してふるえ
あるものはただあふれ
たちまち瞳には
数えきれなくなった
駒ヶ岳の黄昏に
問われる〝わたし〟も
赤松林と渓流に
いだかれた
マルスウヰスキー

蒸留所で
加わることを
試みている
音　数　の沈黙へ
樽でできた
テーブルの舟で
シングルモルトの
海を漂いながら

詩は記憶の文学

というけれど
この詩は
孤独そのものになった
万物の記憶であり
それは〝だれか〟
の脳内だけに
秘めやかに息づく
夢物語と区別がつかない
森羅万象共鏡

もう白樺や栗の蜜を
吸わなくなった
オオアカタテハたちは
苔桃の茂みに隠れて
冬眠についていた
切手とおなじ
め打ちのある葉裏に
六本の脚でしがみつき
口唇を内に巻きあげ
眼状紋と体は
凍りつき星雲の硝子を噴き

血は雪の中空結晶へとかわる
ギリシアの凍えた魂たち
プシュケーは
冬の透き葉のように
薄べったくなって
ぶらさがるのだった
蝶たちが目醒めることは
もうないだろう
でも翼をひろげている
氷の棺のなかでも

蝶はもしかしたら
花々の夢なのかもしれない
だれも知らないある夜
その繊細な髭根を
埋没させた大地から
ひき抜き去って
蝶になったのかもしれない
それで蝶はいまでも
地の星々の花冠に一瞬
舌の根を彷徨わせて

いまだ　その翅に
ホツツジの紫や
コキンレイカの黄
ナナカマドの精霊の炎
アヤメの壮麗な青を
もっているのだ

火取蛾

独り蛾

星々の形が
星々の色彩が
星々の出逢いが

蝶たちの翅の秩序と
天空に織りこまれ
火星は燃えあがる赤光で
眼状紋をつらぬき
その星雲に
疾風の動きをあたえ
水星はダストの金粉を
表翼にふきかける
木星は紫とリラの
発香鱗にふれて
氷った陽光を

舞い飛ぶときも
竜涎香の波をおくり
土星の輪の量子が
前縁のグリザイユと
緑斑紋に翔けこむ
有限の曲空間に
無限の平滑を捲りつつ
メンガーの波頭から
わずかなのに数えきれない
不思議な星飛沫を
とび散らせて

それは塵劫もの時たちが
この蝶にあたえた
北極光のかざりだと
ラッセルや
ホワイトヘッドは
信仰したが
宇宙の刻印を
おされた
展翅たちは
数はあるのに
数えきれない星の

軌道にはめこまれ
錯綜した光のなかに
とじこめられている
地球の夜が産む
珪石の　切られた痕の
気泡へと息づくまま
だから　蝶の魂は
花々も喪われ
凍てついた世界に
不香の花となって
舞いおりてくるのだ

現実の皮膜にも
小米雪の結晶
虫喰い穴のような
ミクロの孔が
あいていて氷の
エッジを羽ばたかせ
宙空を漂い舞う
そんな孔をみつけたら
アカオキリハシ

森の硝子細工師が
記憶状の樹液を
熱い息吹と嘴で溶かし
ながい飴の管へと
変えてゆくように
孔をひっぱりながく
することができる
その片方の口から
時間を水のように
ながしこみ
反対の口でそれを

糖蜜のように
濃く対流させて

またもや暗黒の機に
暗黒の杼　あの息吹が
雪のシフォンを織りあげた
刹那〝わたし〟の脳は
銀箔片となって爆発し
数万分の一秒後に凍りついた
静止映像として写された

眼のなかを圧迫するのは
回転する極微のローター群と
往還運動するシリンダーが
織りなす白銀の機械たちの
ミクロコスモス　この光景を
まえに〝わたし〟の肉体は
いったいどこにあるのだろう
だれも到来しないし
だれであれかまわない
魂のラボの内襞で視界と
幽霊を置換してゆく

雪風を感じる指先は
紙の高さのいきれに混じる
筆跡の音片とかわりない
〝わたし〟は裏返された
無人であり薄片化した
からだが自分自身の
膨張した脳のまんなかに
突ったつ　この
途方もない身体状況を

つぎの〝雪の区域〟へ
阿頼耶識を通過する
〝かけら状貨物〟へ
すべての人と物質の
過去と未来　記憶
個のアイデンティティは
ずたずたの銀光の
繊条と声絡む軌匡に
あらかじめ刻まれており
微細なかけらの影は
なにかを二重に欠く場処と

軌を一にしながら
越百の爆発でばらばらに
なったものとされる
そんな刻銘仮説は
蠱惑的だ　なぜなら
〃わたし〃自身　紙の
神のルビなき桝目ごしに
時の透き間を彷徨い
時の剝片を観察する
あどけない夜々を
すごしながら

いつしかペンと
その筆尖から零れる
傷みの内証がぴたりと
重なりあいそこに刻まれた
過去の記号　劫初の人類
のいちばん古い記憶や
悪意の果てに浄められた
忘却の底　書かれるまえの
歴史のはじまりを
自分の脳の地形に読みとる
一瞬を

なんど夢みたことだろう

いまという瞬間も
つぎの瞬間も
天から舞い降る雪を
〝こてっぷき〟が吹き乱す
ひょーっという
声ならぬ声をあげ
流れの際へとり着き
脈が脈を呼んで

どうにも眼が
疼き　トビ安座
宙に乗る　宙に坐る
気づけば雪片は一時に
導体と弁の役割をしその
一瞬のあいだに息吹を
つぎの氷片へと送りとどけ
その瞬間にはかたちを
変えてしまうこれは
オリジナルなきコピーや
かたちの波間での微震とも

映りたえず変容しつづけ
自分自身をその
作動の一部へと
変身させる機関なのだ
雪如透心　とはいえ
分子式なき　雪の
錬金術は機械というより
機械が記されている
紙にちかい
その紙のうえで機械も
たえず書いている

神舞の箍がはずれる
行為は死を食べて痩せる
なんであれかまわない
観る者によっては
銀白から白銀へ
宙空から空宙へと
通過ごと踏みわたる
なけなしの舞い踊りは
〝器官なき魂〟に
みえたのかもしれない

自分のなかで
途方にくれてしまう
動けなくなったり
自分の殻から
でられなくなってしまう
そんな
雪予報が降りしきる
つめたい夜は
タンブラーを掌に
ただ　じっと

耳を澄ませている
しんしんと
舞い降りてくる
錠剤の鏡像をした
夢幻に呼吸をあわせ
くるしくないよ
だいじょうぶだよ
と鼓膜のささめきが
宙を浮漂しながら
あらゆる光と反響する
純銀の苦悩を溶かすまで

そうやって朧雪の
鏡に〝自我〟と
そっくりな
うしろ姿を映してみると
わかることもある
わたしは
わたしであって
わたしでなく
ここを去っても
ずっとここに残る
独り身が

雪崩をうち
突然の振動が
星々の枝をゆらし
彼方の光の葉を
震わすように

闇をかきむしる
蝙蝠雪よ
老いるとは
暗黒をふりはらう

力ではないか

なんであれ
かまわない
フラクタル蝶は
どうしてかは
わからないが自我の
独房をとびまわり
いっしょに翔んでゆこう
と翅で合図する

誘われる〝だれか〟も
厳冬の蛹になろうと努める
でも　それは
容易なことじゃない
なぜなら〝わたし〟は
いちども蝶に
なったことがないから
その〝だれか〟は
おおくのことを忘れ
置き去りにしなくては
ならない　蝶になるには

ただなにもかも
忘れてしまえばいい
でも　どうしてか
それができない
なんであれかまわないもの
とりかえしのつかないもの
の蝶番になって
突然〝わたし〟は
書き物の打ち消し線から
無韻をはがして星の帆をはり
ひらひらする行を舞い

つつ滑空しはじめる
体は忘れ雪とみまがう
時の礫になって

あるいは
雪のシネマよ
眼底へとふりつづき
フリックアウト
をくりかえす雪に
眼の世界は

枯れてしまった
眼のなかには
もうなにもない
なにもないという
イマージュのほかは
でも眼の外殼で
世界はおそろしく
複雑に混迷した襞を
くりのべている
眼底にもおびただしい
速度で血が流れ

限りなく近いものと
果てしなく遠いものとが
ちかちかと
不透明な宇宙で
息と時の襞をあわせ
末梢で光を感じている
意味にならないほど
ふるえはかすかだ
それが生まれようと
しているのか
死のうとしているのか

わからないほど

詩は思考しないでいる力だ

世界は
氷蔦から生まれた
形のない蛆や
境界線のない雪海から
生まれつづけた

その〝歌〟さえ切り裂き
ふわふわふるる
泡雪の音ずれ
微弱な左耳が初めて
聴いたときには
たがいに異なることを
述べるようで混乱したが
おなじ聲をしていると
やっとわかった
創紙者たちが殻から
生まれでたように

すべての存在は殻をもつ
空　海　南アルプス
の境界は殻のひとつだ
それさえ最大の殻ではなく
はるかに人知をこえて
殻は旅をし拡がる
越百してゆく
女の殻は男であり
子どもの殻は大人であり
複数形の殻として
単数形　孤独形

という真珠のような
殻もあるのか
雪が彫刻している
春楡はひとつの殻であり
樹氷という名の殻を
生みだし　それで

こうして耳を澄ますと
また〝だれか〟の
息が聴こえだして

音を選り分け集中すると
ユキワリガラの気配
狼の鋭い牙の閃き
峰から七本目の低木
天辺から三本目の枝先
から　一片の垂雪が
墜ちてゆく音も聴こえる
殼のあちらとこちらを
ゆらゆらと螺旋にゆれて
空を切り裂く音が聴こえる
音の殼に混じっている

はずなのにどの音か
わからない　その音だ
ときめてしまうと
音はなにかの形に変じ
自由の起源をつくりだす
するりと逃げて
他の音へ紛れてしまう

これからもくりかえし
詩われつづけるように

万物は殻からできていて
その殻は数え尽きない
人は死んでも
去りきらない
いちど虫になって
殻のあちら側へ
生まれるのだという
蝶塚にうめられた
神の　紙の子
のなかにも蝶塚があり
その紙にも

神の子が　同音に
くるまれていてその
雪韻は蝶塚を踏む
そういうことに
なっているのだろう
そうして直観まで
燃えている手紙は
どこへも届かないから

詩は到来しないでいる力だ

小黒川の断層で
半ば化石になった
白蝶貝よ
死んだらみんな
多層膜になるんだ
〝わたし〟とか
〝わたしたち〟は
熱い大地の流れが
襲なり緊張する

ぶあつい時の堆積に
熔けこんで
〝あなた〟や
〝あなたたち〟
〝彼〟や〝彼女〟も
樹氷状に喰らいあい
接ぐべきものを
ふと忘れた縄文の
接ぎ木に接いいた
貝殻の昏い透き間に
偶然に生成される

ひと粒の真珠のような
人称がもうすぐやってくる
潮を曳く視線
屈折する光の膜から
内と外はわかれ
空虚と充実が交錯
しながら螺旋に拡がる
化石にむかう沈黙と
太古の波や渦と響きあう
殻のなかの叫び

詩は言語の内奥に
くるまれている
詩は言語の外殻へと
突起してゆく
生物の感覚器官みたく
こうして言語を
たえず裏がえし
裏がえされてゆく
外から見ては
内から凝視めかえす

そのたびに
言語はコッホ雪片を
複雑怪奇に折り延べ
消耗してゆく
いずれは
原子論よりちいさく
溶けて消え去る?
詩的消尽

なにひとつほかに

できないから
雪で綺書を編む
意味という
曲線に似たもの
生殖器に似たもの
顔という藍闇に似たもの
氷鏡に似たもの
なにひとつ
透明ではない世界で
透明な感情だけが
双翅をひろげ

ちり堕ちてゆく
語を開き　閉じる
文を愛し　憎む
言葉を
ならべるだけでいい
主語　目的語
形容詞　動詞
意味を呼吸するだけで
言葉を吐こうとして
意味を吸ってしまう
語りかける言葉の虚妄

意味　記号　は
なんどでも
つかい果たされ
つかい尽きない贋金
闇に溶ける
わずかな光と
等量になった肉体
あるいは
言語性物質
自分とも違和する
この違和を毀す

身体になれないか
個体でも
共同体でもなく
機械じかけの雪？
どんな記憶ももたない
異邦人のように書く
記憶しかもたない
魂のように話す

リズムについて

昨日も今日も
一秒前もいまも
窓の外を
おなじ乾雪が
ふりつづくこと
それをたしかめる魂
でもそのまえに
おなじこと
が魂のなかで発生
しなくてはならない
おなじこと

を生みだし享受する
力としての魂
魂そのものが
ひとつのおなじ
リズムとしてある
このリズムが
魂を鎖ざしてしまう
なんて奇妙な裏拍
おなじ雪も
おなじ双結晶も
おなじウィルスも

おなじ羽搏きも
厳密にはありえない
のに　おなじ　という
おそるべき幻
魂はこのおなじ
幻から生まれ
生みだしている
その魂が韻律を享受する
風の語尾に舞いあがり
語頭で急降下する
回雪さえ韻を踏む

ことに歓びをおぼえる
それでも
紙のように
冷え冷えと白い
魂の折り目の線上で
おなじことを分有する
雪の霊性があるとも
信じていて
モナドにさえ
ドアはあるのか
蝶番や下の隙間から

差異の粉雪が容赦なく
吹きこんでくる
おなじであり
ちがう
ちがうのに
おなじである

それはまた
異別の幻を生む
既知の事象に

未知の予感が
ふりつもってゆく
魂そのものが
こんなふうに
おなじでありながら
差異を織り紡ぐ
幻である
徐々に魂は
複雑なリズムを要求し
やがてどんな
同一性も反復も

みいだせない
カオスにちかづく
たまさかの同一も
幻にすぎないと
思われるほどに
最高に複雑な差異
彼もあの蝶も
じぶんが織り紡ぐ
迷路に迷ってしまい
帰ってこられない
あるいは魂は

ますます凍りつき
乾き　痩せ衰え
越冬する蛹のように
単純なリズム
無為にひとしい
繰り言　繰り返し
になってゆき
おなじ歌に〝我〟を
極小化してゆく
最高に簡素な差異
そこで初めて

それがどんな魂か
知られるのだという
ごく　短い　呟き
詩歌のかけらに
還元される魂
その魂を
まあたらしい風狂を
ほんとうはどんな
複雑な魂が
通り過ぎていったのか
最大の差異と

最小の差異が
円を描きながら
〝ともに〟羽化する?
けれども　まだ
一致してはいけない

人気の絶えた
ペンが紙の
神の空白を舞い
踊りつづけた

くるりと輪をえがき
もうひとつ蝶結び
文字と文字をつなぐ
線は驟雪の稜線へ
引き延ばされ
結いつつ　うるみ
ゆすれ　放下し
来信　銀花の
ペン書きの淡く濃く
冬嶺の淡く濃く
線は気儘に

撥ね　跳び　撓み
白の宙空に
息を透し彫り
声は発さず　鳴る
中《うち》に厚く蓄えて
躰を遠く響かせる

この永い永い一
片の詩のなかの
詩を灰雪の通信

として掌が迎え
るときわたした
ちは顔をもたな
い相似となって

きっと　どんな
配達夫の手を煩わす
ことも叶わない
この雪葉書を
越百する純銀の息吹よ

とどけておくれ
〝雪のちょっぴり
こちら側〟へ
冬景色のアマーストへ――
永遠に未配達のまま
あなたが〝手紙は
肉体を持たない
魂そのものです〟と
書き贈ってくれたから――

消滅さえ疾走したのだ

跋

フランスのルーアン大聖堂をおとずれたことがある。早朝から夕方にかけて、刻々と石のファサードを移ろう光を描いた、クロード・モネの三十三点もの絵画。まさに画家がその連作を描きつづけたアトリエで数時間をすごし、おなじ光と石の編むレースをみつめる体験をした。そして数年後の冬、信州南北アルプスを望む山宿に憩った。越百山《こすも》という山の名と麓にあるウキスキー蒸留所に魅かれての逗留だった。グラスを片手に、ふりつづく雪と山嶺をながめるうち、あの大聖堂の陶然が眼と手の奥底から蘇った。山をおりる朝、旅鞄のなかにはアルプスの雪光が書いた詩稿の束があった。

初出掲載

神迎ぇ　「星座」八二号、二〇一七年（「紙迎ぇ」に改題）

流雪孤詩　原譜　「ポエトリー・イン・ダンジョン」

二〇一八年十二月十五日　原稿展示と朗読

流雪孤詩　「Crossing Lines」二〇二二年七月〜十一月連載

（砺波周平の写真と）

装幀　奥定泰之
写真　砺波周平

流《りゅう》雪《せつ》孤《こ》詩《し》

著　者——石田《いしだ》瑞穂《みずほ》
発行者——小田久郎
発行所——株式会社思潮社
〒一六二—〇八四二　東京都新宿区市谷砂土原町三—十五
電話〇三（五八〇五）七五〇一（営業）
電話〇三（三二六七）八一四一（編集）
印刷・製本所——創栄図書印刷株式会社
発行日——二〇二二年十月三十一日